AF240001

DISCOURS

PRONONCÉS

DANS L'ACADÉMIE

FRANÇOISE,

Le Lundi 13 Avril M. DCC. LXI.

A LA RECEPTION

DE M· L'ABBÉ TRUBLET·

A PARIS, AU PALAIS,

Chez la V. Brunet, Imprimeur de l'Académie Françoise.

M. DCC. LXI.

M. l'Abbé T R U B L E T *ayant été élu par*
Meſſieurs de l'Académie Françoiſe, à la
place de M. le Maréchal Duc DE BEL-
LEISLE, *y vint prendre ſéance le Lundi*
13 Avril 1761, & prononça le Diſcours
qui ſuit.

MESSIEURS,

JE n'ai jamais eu d'autre ambition que celle
d'être admis parmi vous ; & mes ſollicitations,
pour être moins vives, n'en ont pas été moins
conſtantes. Elles vous ont montré à la fois mes
deſirs & mon reſpect, une juſte défiance de moi-
même, & une haute idée de l'Académie Françoiſe.
Par mon amour & mon eſtime pour votre Compagnie, je méritois d'être né plus digne d'elle.
Ces ſentimens & ma perſévérance vous ont enfin
touchés.   A ij

Cependant pouvois-je efpérer la place que j'y viens occuper aujourd'hui, celle d'un homme qui avoit occupé lui-même dans l'Etat les places les plus élevées ? L'Académie Françoife, il eft vrai, ne connoiffant point l'inégalité des rangs parmi les Membres qui la compofent, remplace indifféremment l'un par l'autre, le Grand qui protége les Lettres par goût, & le fimple particulier qui les cultive avec fuccès. Votre Hiftoire en offre plufieurs exemples, je n'en citerai qu'un ; *La Fontaine* remplaça *Colbert*. Mais dans un ordre fi différent, leur mérite, leur génie, étoient égaux ; le Poëte étoit un homme auffi rare que le Miniftre.

M. le Maréchal de *Belleifle* fut un de ces protecteurs éclairés des Lettres, & de ceux qui les illuftrent par leurs Ouvrages. C'étoit un mérite héréditaire. Son Aïeul avoit répandu fes bienfaits fur nos plus célébres Ecrivains, & il éprouva leur reconnoiffance, même après fa difgrace. *Pelliffon*, dèflors votre confrère, ofa le défendre, & fit des chef-d'œuvres d'éloquence. L'aimable Poëte que j'ai nommé, *La Fontaine*, ofa le pleurer dans une Elégie touchante. Le cœur feul put la lui infpirer ; le cœur feul put l'inftruire à gémir, & lui faire prendre un ftyle fi différent de fon ftyle ordinaire.

Mais quels ont été mes fuccès dans ces Lettres toujours fi protegées par les vrais Hommes d'Etat ? Bien loin d'y avoir acquis cette célébrité, qui tant de fois a déterminé, hâté même les suffrages de l'Académie, à peine leur dois-je quelque réputation. Qu'on ne me croye point modeste ; je n'ai pas droit de l'être ; je ne cherche point à le paroître ; je ne suis que sincère, mais je le suis sans effort. Comment donc ai-je osé élever mes vœux jusques à vous, & pourquoi les avez-vous remplis ? Je dois faire votre apologie & la mienne, excuser ma hardiesse, & justifier votre indulgence.

Dans l'esprit de votre établissement, la qualité d'Académicien est un titre d'honneur, mais plus encore un engagement à un travail commun à la Compagnie ; vos Statuts le prescrivent & le règlent. Or, MESSIEURS, sans me croire digne de l'honneur, je me suis senti capable du travail. J'ai étudié de bonne heure notre langue dans les Ouvrages de vos Prédécesseurs ; j'ai continué cette étude dans les vôtres ; & j'ai cherché à mettre au moins dans les miens la correction & la pureté du style. De-là mes vœux ; de-là sans doute votre choix.

Un autre motif a pu encore vous parler en ma faveur. Je n'ai employé auprès de vous aucune des voies proscrites par vos Statuts, & à peine ai-je fait ce qu'ils me permettoient. Il m'a suffi que vous connussiez mes desirs.

Enfin, j'ai compté d'illustres Amis dans l'Académie Françoise, les *La Motte*, les *Fontenelle*, les *Maupertuis* ; & vous m'avez su gré de mon zèle pour leur mémoire. J'y en compte encore plusieurs. Vous le deviendrez tous, MESSIEURS; je m'en fie à mes soins pour le mériter, & sur-tout à vos vertus.

Le dernier que j'y ai perdu *, & qui long-temps mourant sous vos yeux, a reçu de plusieurs d'entre vous des soins si assidus, n'en voyóit aucun sans lui recommander son ami. Vos réponses étoient favorables; il m'en faisoit part; & l'espérance de m'avoir pour Successeur, le consoloit de ne m'avoir pas eu pour Confrère.

Vous avez plus fait, MESSIEURS; une autre place à vaqué avant la sienne; il m'en parloit quelquefois, & avec d'autant plus d'intérêt qu'il y avoit reçu celui qui l'occupoit. Il n'osoit pourtant me la desirer, & vous me l'avez accordée. Je n'en sens que mieux mon impuissance à vous remercier d'une manière digne de vous, digne du bienfait, & de la reconnoissance qu'il m'inspire.

Vous ne m'en désavouerez point, MESSIEURS; il n'est peut-être aucun de vous, eût-il mérité par des chef-d'œuvres l'honneur que je reçois aujour-d'hui, qui n'ait craint pour sa gloire, lorsqu'il a fallu vous rendre graces de ce qui y mettoit le comble. Depuis plus d'un siècle qu'un homme éloquent, le célèbre *Patru*, établit par son exemple, l'usage des remercimens académiques, ils sont devenus de jour en jour plus difficiles; & si quelque chose pouvoit modérer l'ambition de vous être

* M. l'Abbé *du Resnel.*

affocié, ambition fi vive, fi générale, dès-lors fi honorable à l'Académie, c'eft le Difcours à prononcer devant vous & après vous, fur une matière que vous avez épuifée.

Cependant, quelque perfuadé que paroiffe le Public de l'extrême difficulté des remercimens académiques, & jufqu'à en faire une efpèce d'impoffibilité, il les juge avec la dernière rigueur. Vous n'en ufez pas ainfi, Messieurs; de tous ceux qui m'écoutent, vous ferez les plus indulgens. Vous avez eu à remplir le même devoir; & fi vous avez vaincu la difficulté, vous l'avez fentie.

Mais de quoi me plains-je, Messieurs ? Je vous dois l'Eloge de mon Prédéceffeur; & quelle matière fut jamais plus neuve, plus riche, plus variée ! Je dois peindre un Guerrier, un Négociateur, un Miniftre d'Etat; fous tous ces rapports, infatigable dans le travail, par zèle; inépuifable en reffources, par génie. . . . . . Non, Messieurs, ce n'eft pas de moi que vous attendez un portrait trop au-deffus de mes connoiffances, & fur-tout de mes foibles talens. Vous l'attendez de l'Académicien qui va prendre la parole. Le fort l'a mis à votre tête, mais vous l'euffiez choifi. Je vois votre impatience, & je la partage. Si j'avois commencé l'Eloge de M. le Maréchal de *Belleifle*, tout vrai qu'il feroit, vous me prefferiez de le finir, fûrs d'en entendre un plus éloquent & non moins vrai; il vaut donc mieux

ne le pas commencer. Pour me prêter à un em=
preſſement ſi juſte, j'omettrai encore, quoi qu'il
en coûte à mon cœur, ces autres Eloges dont votre reconnoiſſance a impoſé la loi à vos nouveaux
Confrères ; les Eloges de *Richelieu*, qui ne conçut
que de hautes idées, & fonda l'Académie ; de
Seguier, qui la recueillit & la maintint, prête à ſe
diſſiper & à s'éteindre après la mort de *Richelieu* ;
de *Louis* le Grand, qui daigna hériter d'un de ſes
ſujets le titre de votre Protecteur, & par cette
grace, crut ajouter à ſa gloire. J'omettrai même
l'Eloge du Monarque chéri, qui s'étant encore ré-
ſervé le même titre, l'a fixé pour jamais dans la
Perſonne de nos Rois ; & je me bornerai aux vœux
les plus ardens pour la conſervation de ſa Perſonne ſacrée. Ce vœu renferme tous les autres,
tous ceux qu'il fait lui-même pour le bonheur de
ſes peuples. Qu'il vive, & ce bonheur eſt aſſuré.
Qu'il vive, & la paix ſera le fruit de ſes vertus, ou
de ſes victoires.

Réponſe

Réponse de M. le Duc DE NIVERNOIS, *au Discours de M. l'Abbé* TRUBLET.

MONSIEUR,

DES principes vertueux, une conduite irréprochable, & des ouvrages utiles, tels font les titres dont la réunion affure & juftifie les fuffrages de l'Académie, tels étoient vos droits à la place que vous y venez occuper aujourd'hui. Ce n'eft pas dire affez, MONSIEUR, vous aviez des droits plus particuliers encore dans l'efprit d'analyfe, dans la fagacité la fineffe la précifion qui caractérifent le recueil de vos Ouvrages. Ces qualités dont l'ufage fréquent fait le mérite propre de vos écrits, vous appelloient naturellement à nos travaux où elles font fi néceffaires pour le jufte difcernement des idées & pour l'exacte définition de leurs fignes.

Quand l'Académie ouvre fes portes à un Poëte célèbre, à un Philofophe diftingué, à un de ces Génies créateurs qui étonnent leur fiècle, elle couronne un Héros, & s'honore de remplir d'avance l'office de la poftérité; d'autres fois elle aime à s'enrichir par l'incorporation d'un citoyen utile, par l'acquifition d'un cultivateur induftrieux; & c'eft dans cet efprit, MONSIEUR, qu'elle attend de vous une affiduité conftante à fes Affemblées. Vous aurez fous les yeux , dans le lieu où elles fe tiennent , les images honorées de ces hommes (a) dont votre cœur conferve fi chérement le fouvenir , dont vos Ouvrages confacrent fi fouvent la mémoire. Peut-être devez-vous vous défendre d'y fixer trop exclufivement vos regards & vos hommages. Peut-être fi les mânes de nos grands Poëtes pouvoient animer la toile qui repréfente leurs traits , les verriez-vous appellant à vous-même de quelques-uns de vos jugemens , vous demander un peu plus de fenfibilité pour leur talent , un peu moins de partialité pour vos amis. & vos maîtres. La maxime de M. de la Rochefoucault n'eft que trop vraie ; » l'efprit eft fouvent » la dupe du cœur ; » & en matière d'opinion , l'attachement pour les perfonnes eft quelquefois une fource d'erreur. C'eft un écueil dont j'ai à me préferver moi-même en ce moment où je dois entretenir le Public de l'homme illuftre auquel vous fuccédez ici, MONSIEUR , & auquel m'uniffoient les liens les plus chers. Ainfi je ne me permettrai pas de dire tout ce que j'aime à penfer de lui; je fuis trop près du fujet pour être Orateur, je ne ferai que témoin.

Je m'interdirai donc les juftes éloges que je pourrois donner aux campagnes & au miniftère de M. le Maréchal de Belleifle ; je ne me fuis jamais trouvé dans les armées qu'il commandoit, & ma

(a) M. de Fontenelle & M. de la Motte.

foible fanté m'avoit privé de mes droits au fervice
& aux honneurs militaires long-temps avant que
le Département de la Guerre lui fût confié ; mais
quiconque a fervi l'Etat en quelque genre que ce
foit, n'a pu marcher dans la carrière fans y ren-
contrer des veftiges du zèle & des talens de M. de
Belleifle. J'ai vu dans les Cours d'Allemagne, où
il avoit foutenu nos intérêts avec éclat, fa perfonne
chérie, fon nom refpecté, & les traces après
quinze ans fubfiftantes de la confiance & de l'ef-
time univerfelles qu'il avoit acquifes par fa manière de négocier ; elle étoit, comme fon carac-
tère, généreufe, droite, courageufe & fincère,
fans-variation parce que fes principes étoient
fixes, fans équivoque parce que fes vûes étoient
nettes, fans inquiétude parce qu'il connoiffoit
toute l'abondance & la fûreté de fes moyens, fans
impatience parce qu'il favoit que les affaires ont
un point de maturité qu'il faut attendre & qu'il
eft dangereux de prévenir. J'aimerois à m'étendre
fur cette partie de fon éloge qui ne feroit pas fans
utilité pour ceux qui fe dévouent au noble métier
des négociations : métier fi difficile à bien faire,
difficile même à bien étudier. Mais je n'ufurperai
pas ici les droits de l'hiftoire, & je dois me borner
à peindre l'homme.

La plus grande fimplicité perfonnelle au milieu
du fafte de-la repréfentation la plus brillante, la
plus grande facilité de mœurs dans la fociété
malgré l'auftérité dont il fe revêtoit fouvent dans

les affaires, le plus grand éloignement de toute prétention joint à cette noble sécurité que donne l'expérience de soi-même, une égalité continuelle dans le traitement avec ses amis, dans la politesse avec tout le monde, une activité aussi ingénieuse qu'infatigable à servir ceux qui lui remettoient leurs intérêts, un amour de la règle & de la subordination qui alloit, pour ainsi dire, jusqu'au fanatisme, tels m'ont paru les traits distinctifs de cet homme respectable, qui touchoit presqu'à sa soixante-dixième année quand j'ai commencé à le connoître. A cet âge, après cinquante années de labeurs non interrompus, son goût pour les affaires n'étoit point usé, son ardeur pour le travail n'étoit point rallentie, sa mémoire meublée de tout ce qui lui avoit passé par les mains ou sous les yeux, n'avoit rien perdu de cette immense collection dont les matériaux rendoient son entretien précieux pour quiconque cherche à s'instruire. On pouvoit, on devoit l'interroger avec confiance, parce qu'il aimoit à répandre ses trésors. Il étendoit ses récits avec plus ou moins de complaisance en raison de la distance des temps, & les anecdotes les plus reculées étoient celles qu'il se plaisoit le plus à détailler. Ainsi il parloit très-volontiers de ce qu'il avoit fait jadis, rarement de ce qui l'occupoit actuellement, jamais de ce qu'il méditoit de faire, & par-là communicatif sans indiscrétion, circonspect sans resserrement, il joignoit la sage prudence d'Ulisse à la douce converfation de Neftor. Il s'exprimoit avec cette facilité entraînante que donne la parfaite poffeffion des matières qu'on traite ; il écrivoit avec cette clarté qui eft la vraie élégance du ftyle des affaires, non pas avec cette élégance qui eft le fruit de l'art, de l'étude, & du rafinement de l'efprit. M. le-Maréchal de Belleifle n'ignoroit rien de ce qu'il avoit dû apprendre ; mais il n'avoit rien appris de ce qu'il pouvoit ignorer, & il femble qu'on pourroit lui appliquer ces beaux vers (a) dans lefquels Virgile peignant d'un trait le génie du Peuple Romain, abandonne aux autres Peuples l'exercice des talens & des arts qui embélif-fent la fociété. Mais fans cultiver les Lettres, M. de Belleifle étoit bien loin de les dédaigner, & il honoroit fincérement ceux qui les cultivent. La Ville de Metz poffède un monument précieux de fon amour pour les Lettres dans cette Académie née fous fes yeux, formée par fes foins, fondée par fes bienfaits, dont il a dirigé toutes les vûes, tous les travaux vers l'utilité publique. C'eft-là, c'eft à cet objet facré que M. de Belleifle rapportoit tous fes vœux, toutes fes penfées, tout fon être. Pénétré de l'amour de la Patrie, ce beau fentiment prenoit chaque jour en lui de nouvelles forces en s'uniffant à celui de la reconnoiffance, vertu dominante dans fon cœur où les fervices reçus fe traçoient en caractères ineffaçables. Il avoit fait une éclatànte fortune ; il fe voyoit

____

(a) *Excudent alii fpirantia molius æra*, &c. Eneïd. L. 6.

comblé de dignités & d'honneurs. Les travaux, les fatigues, les dangers, les traverses qui avoient payé d'avance son élévation, il aimoit à les compter pour rien ; & persuadé que les bienfaits de la Patrie (qui en effet ne doit rien parce qu'on lui doit tout) sont toujours sans proportion avec les services qu'on peut lui rendre, ses emplois ses dignités ses richesses ne lui paroissoient qu'une dette dont l'acquittement exigeoit le sacrifice de sa vie entière.

J'oserai dire ici qu'il l'avoit pleinement acquittée cette dette immense, en donnant à la Patrie, à la mère commune, un fils vraiment digne d'elle ; en cultivant, en perfectionnant par une excellente éducation son excellent naturel, en l'envoyant chez les Nations voisines concilier à la jeunesse Françoise la bienveillance des Etrangers, en le rendant susceptible de l'estime publique dans un âge qui n'a droit d'aspirer encore qu'à de l'indulgence. Ce fils si cher étoit devenu mon fils . . . . . . Hélas ! je n'ai joui qu'un instant de cette heureuse adoption. Arraché d'entre nos bras par une mort aussi prématurée qu'honorable, s'il est vrai que la durée de la vie doive se mesurer par son usage, il a vécu assez puisqu'il a eu le temps d'acquérir du mérite, d'obtenir de l'estime, d'atteindre même jusqu'à la réputation : consolation suffisante pour l'amour propre, peut-être pour la Philosophie, mais bien foible pour le sentiment ! Je ne re-

connois que trop cette affligeante vérité qui me
force au silence , & je sens qu'il est des plaies
que le temps ne cicatrise pas assez pour qu'on
puisse jamais les toucher sans les r'ouvrir.